ジャン゠フランソワ・リオタール
ジャック・モノリ

震える物語

山縣直子訳

lyotard/monory/récits tremblants

法政大学出版局

Jean-François Lyotard
Jacques Monory

RÉCITS TREMBLANTS

© 1977, Éditions Galilée

This book is published in Japan by arrangement
with les Éditions Galilée, Paris, through
le Bureau des Copyrights Français, Tokyo.

世界は，馬車の下に吊るされた壊れもの収納箱にすぎない．あらゆるものが，そこでは絶えず揺れている．大地も，カフカスの岩山も，エジプトのピラミッドも．世界全体の揺れと，それら固有の揺れを，揺れている．不動そのものが，やや弱まった揺れに他ならない……
……私は教えない，私は語る．

モンテーニュ

震える物語

monory

モノリ

1

3

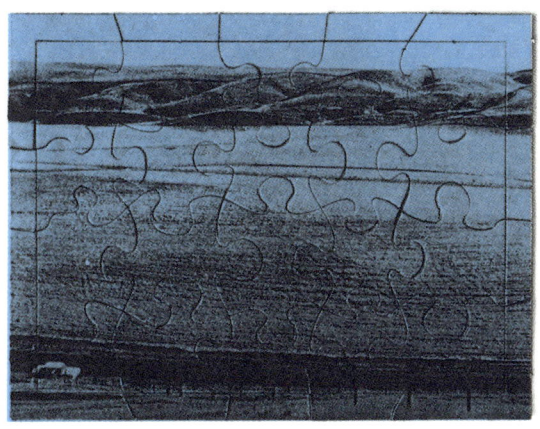

4

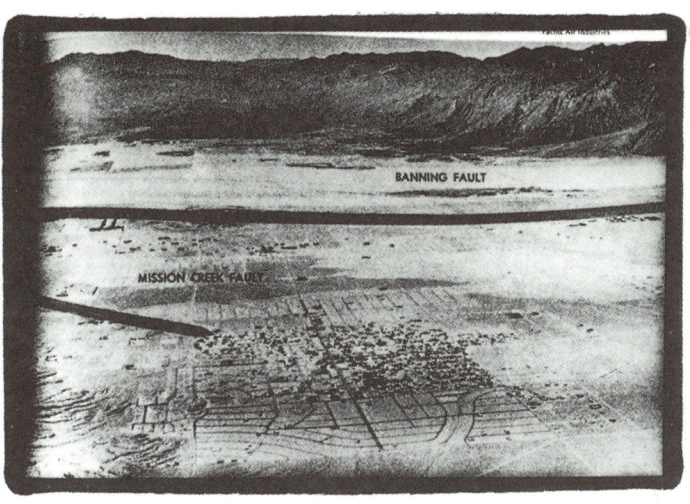

5

6

7

8

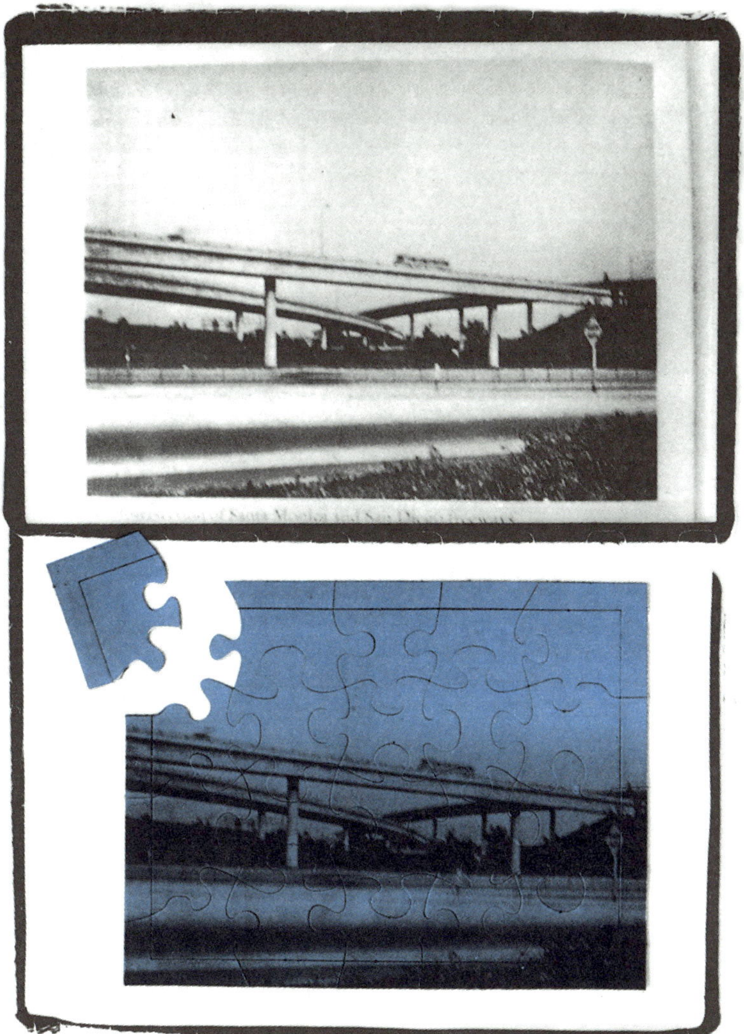

9

10

11

12

13

Cummings Valley School was destroyed by the 1952 Kern County earthquake. Made of virtually unrein...

Cummings Valley School was destroyed by the 1952 Kern County earthquake. Made of virtually unrein...

14

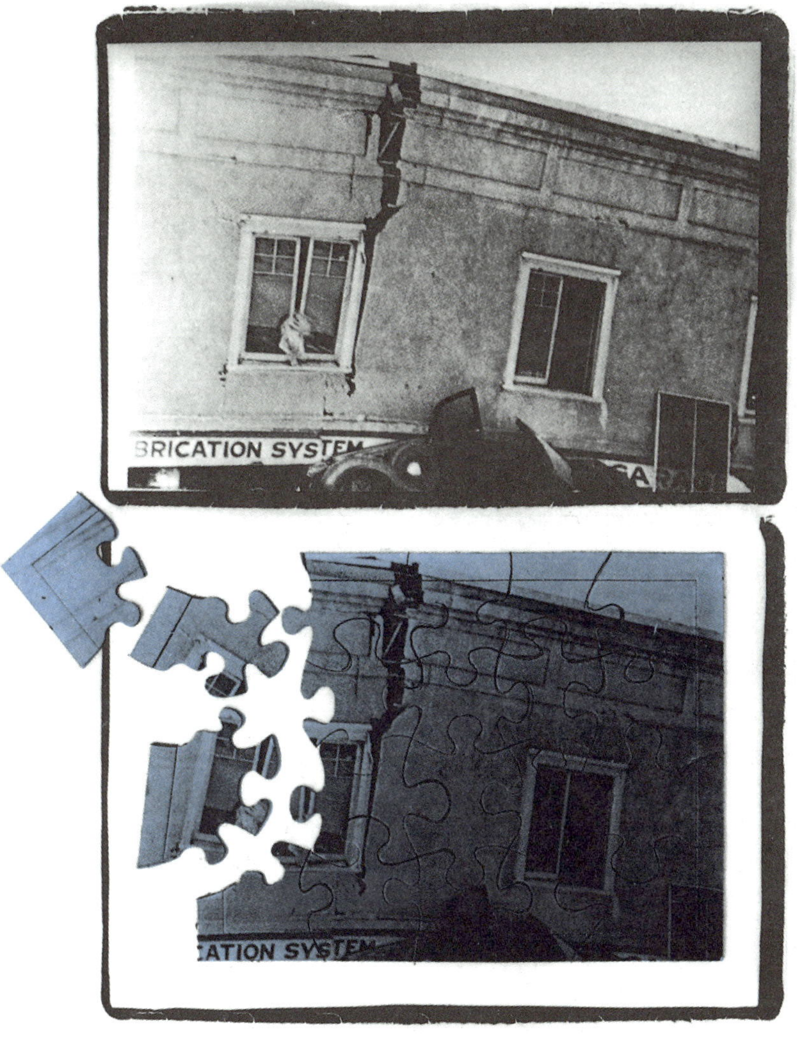
BRICATION SYSTEM
CATION SYSTEM

15

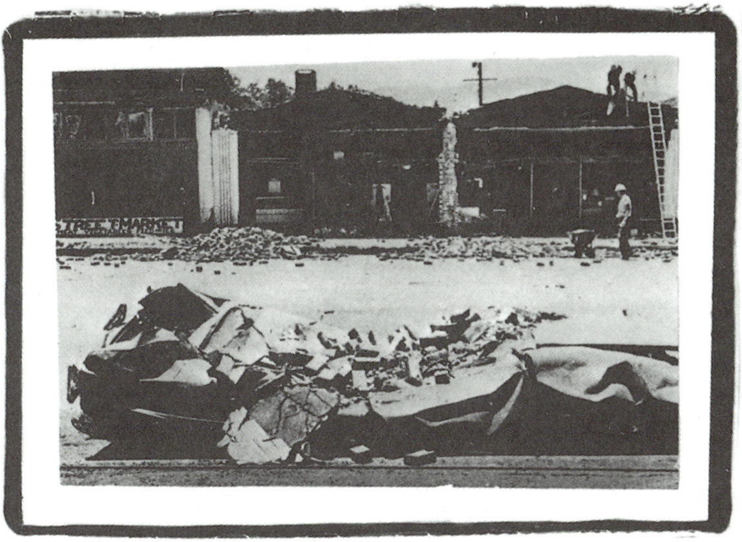

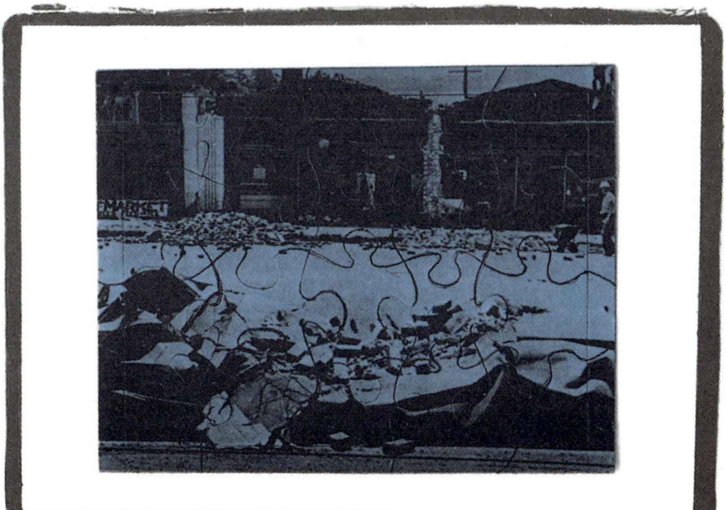

16

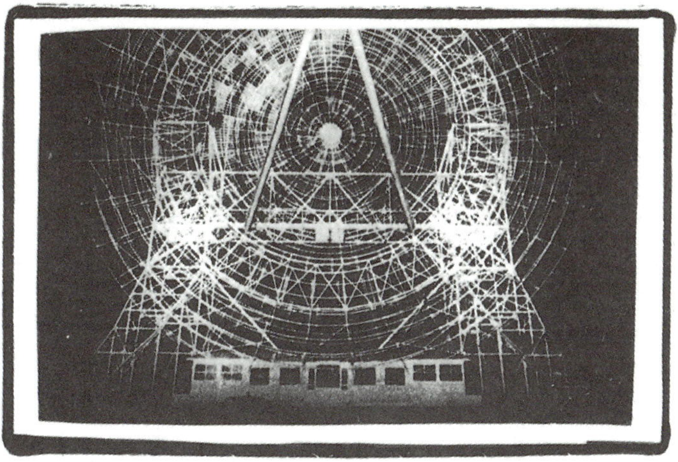

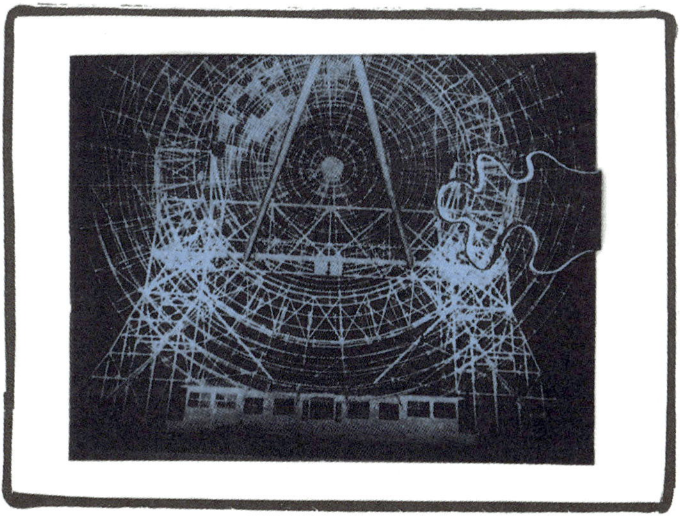

lyotard

リオタール

都市という星雲の空間について語るのは、ミシェルだと想像すること。その星雲は未来の具現ではなく、架空のものでもなく、それはそこに在る。

　約七百万の人間が住んでいるにもかかわらず、その星雲の在るところには人っ子ひとり見当たらないということを示すこと。

　沿岸地域にあるヨーロッパ（地中海）移民たちの地区に、わが主人公を住まわせることとするか？とにかく、少し霧のかかったある日の昼近く、車に乗り、

　（英語圏のインテリたちがダンテを原文で読むた

めにイタリア語を学んだように，バンハムはこの町を原文で読むために運転を覚えた）

　都市高速を60キロ走って，〈涸れ谷の森〉をこえた向こうの山のふもとのあたりに住んでいるひとりの友人に会いに行く．画家である友人が，造形に関する問題，たとえばある絵の構図とその額縁に関して議論するために彼を呼んだのだ．

　五車線の自動車道路の網目を疾走する車の軌道を記録すること．そこに記される行動は，都市星雲に住むひとりの市民の一日の，静かなうちにも緊張した三ないし四時間の活動の記録となる．車線は自由に選ばせ，速度も制限内で自由，ときには標識によって強制的に車の位置を指示することもあるが，彼には次のような全体的な確信を抱かせてやること――運転者たちによってなされる無数の小さな決断以外には何の制御もなく巨大な交通網のただなかに一緒に放り込まれた三百万台の車のひとつひとつによってかたちづくられている偶然の集合体は，それがプログラム化されすべての車が中央コンピュータで無線制御されている場合よりももっと確かなやり方で機能している，と．事故や渋滞に関しては，カ

ーラジオのお節介な指示を利用する．運転者の頭脳には自動羅針盤を備えてやり，方向や出口の表示板にはすべて〈東〉〈西〉〈南〉〈北〉の指標をつける．肝心なポイントでの間違いは約一時間の損失を意味することになる．

　メキシコ風のあるいはカスティリア風の名前のついた，60キロの長さのいくつかの通りの上を，あるいは下を，通り過ぎて走る．800メートル上空にもうひとつの交通網を作動させる，つまり，着陸の順番を待っている国際線ジェット機や，地域間を往復する軽快な近距離飛行機の交通網．都市星雲に，この巨大都市圏の最も長い軸である南東の方向から近づくときのことを思い出そう．夜間飛行機が山脈沿いの高地をぬけて急降下すると，耳がキーンと鳴り，目の前には，ぼんやりした闇を地平線まで碁盤目状に仕切る黄色い光の格子が浮かび上がる．こまかい碁盤目の上をゆっくりと低空飛行して，高速道路のいく筋もの光の流れのあいだにあるたくさんの場所の，そのどこに飛行機は着陸すればよいのだろうと考える．

〈南部人の峡谷〉を通って車を走らせる．まだ町の賑わいの中．窓の上や下の壁には，飾り文字，ゴチック文字，スペイン・コロニアル風？の文字の落書きがいっぱい．住んでいる街路の名前や区域の番号をとってつけた子どもたちの軍団の勇ましい呼称．

　空に，それもかなりの高度に，コンピュータで同時制御されている五機の飛行機が曳く白い飛行雲を使って，広告文を書く．ソーラーシステムがあなたの太陽をてなずける，などと．

　わが運転者に鼻歌をうたわせる．そうこうしているうちに，車は〈東部〉地区の大通りのひとつに出る．突然暑さと明るさを強くしよう．四軒の店に挟まれた，遮断機つきの踏切の手前で停車し，砂漠から来た汽車の通過を待つ．薄紫色〔モーヴ〕，黄色〔サフラン〕，薔薇色，黄土色〔オークル〕にぬられた車両の列が，四台の機関車に引かれて町のまん中をわるびれもせずつぎつぎと通り過ぎてゆく．その不調和な色調から，友人の作品の色調の連想．続いてつい先ほど〈南西〉地区で見た，建物の外壁に描かれた大きな壁画の色調．それは次のようなものだ：

帝国の〈北〉および〈南〉とこの都市を結ぶ十車線の高速道路が地震のため寸断されており，海岸の岩のあいだに崩れ落ちたコンクリートの塊を高潮の波がまだ荒れ狂って打っている．鉄骨の残骸を波しぶきが揺する．描かれた空が本物の空と青さを競い，本物の空の中へ溶けこむ．壁画のある壁の下には色とりどりの車でいっぱいの駐車場．

　わが主人公に，〈普遍(ユニヴァーサル)〉というひと気のない住宅地区を通過させる．町並みや風景といった，映画のあらゆる場面の撮影に必要な外観だけでできている地区，すなわち，表象の貯水槽．

　20キロ先で高速道路——帝国を横に貫いて東海岸にいたる——に入る道との分岐点に，目的地の海水浴場の名前を記したボール紙をドライバーの目につくように掲げた，黒服に黒いサングラスをかけた黒人を立たせる．その場所から海水浴場までの距離は4500キロ．

　そのときはじめてわが運転者に思い出させる——それより二日前，ひとりの人を自分のオープンカー

でひろったことを．緑に染めた金髪を細いひもでくくったその人は，オセアニア風の絵とＳＯＵＬという文字で飾ったサーフボードをわきにかかえて浜辺にむかって歩いていた．

　二人が一緒に飲むようにしむけたこと．相手の手首の繊細さと調和のとれた身体の曲線のしなやかさとで，われらが友の興奮をかきたてて．まるでアシカの皮のような黒光りするウエットスーツを身につけるのを手伝い，相手が水から上がってくるのを待って，魚料理のレストランで一緒に夕食をとる——サーフィンや海について話しながら，それから知恵について，それから愛情，やさしさについて，さらに性的衝動について．すべては呼吸空間の問題だと，酔いの果ての主張を一方にさせ，他方には，身体などはないと主張させた．アーケードのひとごみの中で，唇と唇とを重ね合わさせ，部屋に入った二人に煙草を吸わせ，身体がつくりだしてはほぐしてゆく迷路の痕跡や窪みに吐き出される匂いと熱とのおかげで，わが運転者の頭をくらくらさせて．二人は，お互いどこの誰か知らぬままにしておいた．

大通りからそれ，丘の曲がりくねった道の方へと車を走らせる，細い鋼鉄製の脚の上に危ういバランスで支えられた，あるいはコンクリートの台の上に投げ出されたような，ガラスの家々のあいだを通り抜けて．静けさに留意すること，鳥たちの歌声，居間や磨き上げられた台所に入りこんでくる植物の力に，また，廃棄された外部／内部の区別に，さらに張り出しになっているカーブでは，目の届く限り斜めに広がる高速道路の格子模様の光景に．

　一軒のレストランの角を曲がる．壁にたまたまできた裂け目のようなその入口は，建物の角を何フィートかトラクターで削り取って作られた．さもなければこの建物には出入口がなかったのだ．

　目立たないところにある友人の画家の別荘で，冷蔵庫から飲み物を出し，まっすぐにアトリエに行って電話での議論の続きをする──モダンな台所の一隅を俯瞰してありふれた艶出しの技法で描いている絵の主題と，額縁とが相接する線をどういう具合に処理するかについて．額縁は，それ自身が艶消しの栗色がかった色合いで描かれている見せかけのもの

で，香港あたりで大量生産されている，龍や武器の飾り模様のついたあの安物の鏡のための彫刻を施した木枠，といった趣．

この問題は都市星雲の問題に他ならない，という合意に友人と到達すること，つまり，それが存在するということ（主題）とその枠（場所）との関わりという問題．

ユーカリが乾いた葉ずれの音をたてる暑さの中，この問題について話しながら庭を歩き回る．昼食のために彼らが食堂に戻ったとき，主人公に，先日の人物が部屋の一隅に坐って牛乳を飲んでいるのに気づかせる．友人は，起きたばかりらしいその人の肩に軽く口づけして挨拶し，その人は彼を，つまり主人公を見覚えている素振りを全く見せない．それは若い女性である．

単純ないくつかの場合を考えてみてください．たとえば，パートナーのうなじのうんと上の方，髪をかきあげて生え際のあたりを繰り返して軽く嚙むと，それに対する反応は決まってずっと後で，クンニリングスのときにやっとやってくるということ，そしてそれまでは，それは相手の身体に緊張を高める効果しか与えないということを，あなたはよくご存じです．ところがある日，とても疲れ切っているような日に，うなじを嚙むとすぐに，あなたの両肩が何度も繰り返して吸われたり嚙まれたりする，という反応が返ってくるでしょう．

　前戯の筋書きの中でフェラチオはおなじみのものとなっていますが，それは，唇の中の愛しい人が突然射精したり，あるときは萎えたり，といったこと

を思いがけなくもひきおこすことがあるでしょう．

　買われた女がやり方を説明します，衣服を脱ぎ，フェラチオをするから，後ろから入れてね，と．いつもの通り，と双方が思っています．ところが強迫が客を捉え，女の舌を強く吸ったまま離さず，言ってみれば痙攣にまで行き着いてしまうのです．

　性欲を統制している厳格な規則が，このようにして震えにその場を明け渡してしまうことがあります．この震えは，数々の規則がその最終目的としているオルガスムや興奮とは何の関わりももたないのですが，予定されたプログラムからの逸脱やその解体から力を得ているわけではなおさらありません．

　春を売る女の決まりきったやり方やパートナー同士のベッドでの習慣は，ふたりの人物のある対話が言語学的に前提しているものによりよく比較することができるでしょう．それらの前提を震撼させる事態は，カップルを襲うカタストロフィーと同一のものと考えられます．愛撫が身体に伝える要求に身体が応えることをあなたは期待するでしょう，つまり

愛撫は，相互の対話，そう言った方がよければ相互興奮の仮説によって支えられているわけです．ところが起こってくるのはまさにあなたが予測した答えに他ならないのに，この不測の出来事はまったく答えではありません．身体は責任あるものとして振る舞うことをやめ，未知の地帯がそうぞうしく入り込んできたのです．あなたがたはお互いに同じことについて話しているのではなく，おそらく同じ言葉を話しているのでさえありません．返答の軌跡は，二重に問いかけの軌跡から離れるでしょう．

　このような事態は，会話においても恋愛においてもなんら例外的なものではありません．けれども，成功，あるいは計画と結果との一致という観念，すなわち支配の観念が，あまりにも深く根を下ろしているために，あなたは事態を失敗として，不能として，誤解として認識させられ，それを恐れることを余儀なくさせられるのです．
　あなたはこう反論するでしょう，多くの男や女たちがセックスの相手を次々と変えてゆくのはおそら

く，この震えを体験するためだろう，と．しかし身体の領界を旅するには多分，地上の世界を旅するのと同様，少なくとも二通りのやり方があり，しかもその二つを分離することは難しいのです．ひとつはアイデンティティを犠牲にして出会いを求めるやり方，もうひとつは反対に，アイデンティティを出会いによって作り上げるためにのみそれを受け入れるやり方です．後者は征服，前者は探検（エクスプロラシオン）とか懇願（アンプロラシオン）と名づけられるでしょう．それら二つのやり方は非常に密接につながっているので，ドン・ファンの一番大きな罪が傲慢であったのかそれとも自己蕩尽であったのかを決めるのは，いまだに不可能なままなのです．

　これらのケースの説明を聞いて，あなたが規則の秩序と事態の無秩序との対比を思い浮かべたとしたら，あるいは説明に示唆されてその対比を信じてしまったとしたら，それは説明が悪かったということになります．つぎのように考えねばなりますまい，出会いと震えとは，単なる征服において生じるので

はなく，そこで獲得された経験のうちに生じる，と．しかも必ずしも未知のものとの境界においてではなく，既知のもののただなかにおいても．そして最後に，身体の様々な部分の置き換えは，肉体の愛撫によってだけでなく，語や抑揚や沈黙の，さらには眼の輝きの操作によっても得られるのです．

他の場所では，このいろいろな種類の岩石は，水平に重なった地層になって固まったの．一番外側のは地表で太陽に曝され，一番深いのはマグマととなりあって．でもここでは地層の構成が90度傾いて垂直になってしまったのよ．その地層をこの高さですぱっと切った断面が，この〈横たわった遺跡〉，砂漠のようにだだっぴろい平面を作り上げたというわけ．だからわたしたちは，照りつける太陽の下，地殻の厚みをずっと横切ったことになるのよ，古ぼけたピントに乗ってね．リンダは休憩のあいだ熱さや冷たさについての夢想に耽っていて，それを彼女独特の調子で声に出してしゃべっていたわ．

突然，地下の組織は太陽系の組織と同じなのではないかという気がした．ちょうどいろいろな惑星の楕円軌道のひとつの中心に太陽があるように，鉱物の層は，どろどろに融けた核を中心として，そのまわりに配置されたのだ．〈鍵点(キーポイント)〉から〈不毛の台地〉が百キロにもわたって横たわっているのを眺めたとき，地球内部のあらゆる色がそこに奇しくも現れているのに気づいた．ほとんど信じられないほど，それはそれは繊細な色合いだった．とりわけ銅の酸化物のあのやさしくてはかない色．太陽と凍りつくような夜と，交互にやってくるそのエネルギーがすべてを，つまり最初は覆われ隠されていたあれらの地層を，無差別に蝕んでいったのだ．地層の各々は，もはや中心から半径にそって整然と並んではおらず，中心からの距離に応じてその熱を受けることもなくなった．地殻の組成においては，地下の岩石は三次元つまり球状の空間の中にあり，その球体は中心が熱く，周辺にむかうにつれて冷たくなる，というのが当たり前の状況だった．ところが地質学上の揺れが，温度分布上の特徴とともに幾何学的な特徴の平衡をも狂わせた．深いところにあった地層が地表に現れ，固定していた温度分布にかわって，日ごと，

季節ごとの，二重の寒暖の交代にさらされるようになった．この結論を話すと，リュシルは驚いたふうだった．それは，暑い季節の始まりを前にして，いつもの年のように店を閉める準備をしていた〈囲炉裏火〉という冷房の効いたバーでのことだ．

　〈隠れ谷〉で，花崗岩の小さい山の岩壁をよじ登ったの．岩壁はまるできれいなおなかのようにつるつる，でもとてつもなく巨大な女の人のけたはずれの尺度のおなかの皮だから，大きな毛穴がぽこぽこあって，そのおかげでとりつきやすかったわ．さきにてっぺんまでたどりついたリンダが叫び声をあげた．さしのばされた指が，足元に広がっているたくさんの岩の中で指し示そうとしているものを見つけるのに暇がかかったわ．反対側に降りて，歩きにくい地面にとても難儀しながらそれに近づいたの．大きな口，長さ2ないし2.2メートル，厚みが0.6メートルほどの半ば開いた唇が，大きな丸い岩の塊の東側面に不器用に彫られていたのよ．唇の両端を少し持ち上げて曖昧に微笑しているせいで，その口はまるで菩提薩埵の像みたいに思えたわ．〈谷〉をあと

にするとき，監視哨の監視員やツーリスト・ビューローの職員にたずねてみたのだけれど，あの彫刻が浸食作用や地震のような自然の造形の結果なのか，それとも人為的なものなのか，誰も教えてくれなかった．その人たちのほとんどは，そんなものがあることさえ知らなかったわ．この大陸の西側の頬に〈北〉から〈南〉まで走る大きな傷痕があって，〈隠れ谷〉そのものがその一部になっているのだけれど，あの岩の唇は，それなりの規模でこのひび割れを真似ているのね．

　昨夜はモーテルの部屋のドアのところにすわりこんでバーボンを飲んだ．暑かった．あたり一面バラ色だった．広大な砂漠に何千マイルにも及ぶ裂け目が，まるで布が裂けるように広がってゆくのを想像してごらんなさい，それをおそろしがる人間が存在するようになるずっと以前のことよ，とリュシルがわたしに言った．たとえばあの〈彩色砂漠〉だ．あれは地平線までひとつづきの広大な平面だと思われている．だが馬の小さな群れがいくつか移動しているのが見え，さらにその馬の群れ同士がみんな，

互いに平行に進んでいることに気づいた．まるでディオラマの中でのように．そしてそのとき，深い裂け目のために，馬たちはひとつの平面から別の平面に移ることも，その光景の中でお互いに混じり合うこともできないのだとわかったのだ．リュシルは想像してほしがっていた——かたすぎる練り生地をオーヴンに入れると温まってくるにつれてひび割れができるように，巨大な台地が裂けて口を開いてゆくのを．そしてそのときに出す音を．リムスキーでは学者たちが氷原の下に沈めたマイクロフォンで氷の音を録音している，という話をきいた．地震が近づいてくるときの地下の音の録音が手に入るといいのだが．裂ける音，擦れる音，大地が割れるとき，その唇からもれるあえぎ．しかも大地は誰にも語りかけはしていない．

　リンダが〈四方亭〉というピッツァの店で，近距離チャーター便のパイロットと話したの．一昨日の夜のことよ．彼は，砂漠のまんなかを走る道路の交差点であること，〈巨大都市〉にある21の非国際

空港のうちの二つとの間を，一日に四往復するのですって．最初と最後の便では〈四方亭〉で働く人たちを運び，第二便と第三便で五つの店のお客たち，ちょっとした取引をする人たち，急ぎの商品などを運ぶの．リンダが彼に言った，〈ここは何もかも平べったいわね，そうじゃない？ いつだって高度200メートルで飛べるんじゃない，もちろん山を別にすればの話だけど〉って．地質学的なこともそれと同じなんだわ，とわたしは独り言を言った．地下の深さと同じことで，町の高さも平べったくおしつぶされてしまったのよ．それは1907年の大災害のあとのこと，何度も起こった地震のせいだと言われているけれど，本当はもっと別のこと，〈西〉の全体が二次元の平面に全面的に降伏したということなの．地震は，垂直性，深い地層でもいいし高いビルディングでもいいけれど，それに対する無関心の，でなければ敵対心の表れにすぎなかったのね．西の海に近づくにつれて，男たちも女たちも偏平になっていった．その人たちが横切ってきた土地が地質学的な偏平面だったように，彼らも，もうひとつ別の幾何学に属し始めたのよ．いろいろな分野で有名な彼らの独創性は，この地形の異常の結果だったの．

〈東〉の都市で生きてきた私，この国第二の大都市で生まれた私は，空間が逆転したことをここで発見する．東部の町は，おそろしく締めつけられ，摩天楼，さまざまな塔などの形になって高みへと昇っていった．そのために，際限のない水平的繁殖のための場が残されたのだ．都市星雲は気楽に広がっていった．それは今も広がり続け，周りにあっていつでも手にはいる土地，つまり砂漠を，昔浸食したのと同じように，浸食し続けているのだ．

　ある午後，〈死の谷(デス・ヴァレー)〉の近く（……と言ってもいいと思う）にあるモーテル Sh で，『地震(クウエイク)』という本を読みながらひとりでプールサイドにいた，と私は想像する．そして，まるでジャンボ・ジェット機が一度にたくさん通り過ぎてゆくようなものすごい轟音を聞いた，と．私は機影を見つけようと上を見上げ，めまいを感じた．この間に天井が崩れ，大きな破片が居間や台所に落ちてきた．それからまるで軽ロケット弾が家の中の何かに命中したかのように，小さい爆発が起こった．オーヴンから煙，次いで炎

が噴き出した．ものたちが，人間の許しを得ずに好き勝手をやっているようだった．地鳴りの合間に，駐車場の方から何か音楽のようなものが聞こえたのでそちらを見ると，水道管から水が噴き出していて，それがまるで小さい間歇泉のようにくるくると回転して，車のボディーをたたいていた．あたりを見回すと，〈南〉へ一マイルばかり離れた，下り坂がカーブするところにある Sh のバーが瓦礫の山となって崩れ落ち，煙をあげ，多量の水蒸気を出しながら燃え上がるのが見えた．そこでは人影がいくつか，逆光線の中で動きまわっていた．通じているとは思えなかったが，電話をしに走った．呼び出し音は鳴らなかった．台所の火を消すためにバケツを手に取り，水道からは水が出なかったので，プールまで汲みに走った．プールの水面は波うっていた．駐車場へ駆けつけ，急いで車を道まで出した．走って引き返し，毛布と，冷蔵庫の中の食べ物をいくらかと，枕の下にあるピストルをとってきた．その間にも地鳴りはずっと続いていた．それから車に飛び乗ったが，そのとき，〈西〉の方にバラ色と黄土色の土煙が山脈の上にまでたちのぼっているのに気づいた．おそらく〈死の谷〉からたちのぼる大量の土ぼこり．

谷が崩れてしまったか，隆起したかのどちらかに違いなかった．

　わたしたち，とうとう一番西の地層にまでたどりついたのだけれど，その地点は〈ユーレカ〉と呼ばれているの．リンダが言ったわ，これって〈見つけた《ジェトゥルヴェ》〉なのかしら，それとも〈我発見せり《ジュトゥルヴェ》〉なのかしら．行く手に四列になって打ち寄せる波が現れた．とても規則正しくて，まるで首飾り，古代エジプトの王様たちがつけた幾重にもなった宝石の胸飾りのようだったわ，泡の羽根飾りを縁にあしらって．崖下にひろがる浜辺のゆるやかな斜面を見下ろす具合に，波は逆光の中に高く盛り上がった．浜辺は〈北〉と〈南〉の方向に目の届くかぎり広がっていて，ほとんど人影はなかったわ．二人の女の子が，蓮華座に乗っているみたいに，夕日に向かって砂の上に胡座を組んで坐っていた，ひとりはわたしたちの右手，それほど遠くないところに，もうひとりは左手，ずっと遠くの方に．わたしたちがそこにいる間，二人は身動きもしなかったわ．犬が二匹，波打ち際で飽きもせずにカモメに競争を挑んでいた．

二匹ともはしゃぎ疲れて，すっかり息を切らせていたわ．

　リュシルと一緒に，何時間も彼らの活動を観察した．それは常に縦方向の動きだった．ひとりひとりが，遠くにあるときから目をつけて選んだ波の頂きに乗り，その上に立ち上がり，続いて波のうねりに沿って，波が砕ける位置の移動にしたがって〈北〉の方へと流されてゆく．こうして斜めに海岸に近づく．波が力を失う，その瞬間，砕け散る波の最前線のできれば向こう側，つまり沖に向かってつぎつぎに飛び込む．めいめいが自分のサーフボードとともに海面をすべるように遠ざかり，適当なところまで行くとボードの上にうずくまって次の良い波が来るのを待つのが見えた．それはまるで，囲いの向こうにいる辛抱強いアザラシの小さい集団のようだった．私たちの頭上には，他の若者たちが何人か，色とりどりのハンググライダーの翼にぶら下がって旋回していた．無限の彼方から大海原の上を気儘に吹きわたってきた穏やかな風が，はじめて障害物である崖にぶつかり，上昇する気流のたえまない波をかたち

づくった．崖の上から小さなシルエットがいくつも，つぎつぎとこの目に見えない冷たい空気のかたまりの中に飛び込み，斜めに〈南〉へ，次いで〈北〉へと運ばれるよう翼を操っていた．かなりの高度を音もたてずに，彼らはいきつもどりつした．私たちが素裸で太陽とマリファナでぐったりとなっていたのを，彼らは見ただろうか．

　遊び方にも変化があるみたい．波のかわりに，浜辺の方へ規則正しく起伏しながら下ってゆく丘の斜面をすべるようになったの．リンダが若者たちのひとりに，どういうやり方ですべるのか見せてほしいと頼んだわ．ブーゲンビリアと夾竹桃の植えられたある通りのいちばん高いところで，若者はスケートボードに片足をのせた．ボードには，二つずつ対になった四つの小さな車（747型機の着陸用の車輪みたいなのね）がついているのよ．で，もう一方の足で地面を蹴って飛び出すと，あるときはゆっくりあるときは素早く上体をループ状にくねらせながら，その通りの傾斜をすべり降り，続く通りもつぎつぎに乗り切っていったわ．車輪は自由自在に動くよう

にボードに取りつけられているから，ごくわずかに足で重みをかけるか，上体を前後左右にほとんどわからないぐらい反らせただけでも，道のこちらの端から反対側へと，好きなリズムでうねりをかけることができるのよ．ジグザグを多くしたり，勢いよく飛び上がったときに少しだけ後戻りするような具合に着地したりすることで，海辺に到達してしまって地面に足をおろさなきゃならない瞬間をずっと遅らせることもできたわ．リンダはずっと黙っていた．わたしが，ねえ，丘を波だと思っているのね，何の上でもすべってしまうのね，あの子たち，と言うと，リンダはぽつりと，それが国境の人たちなのよ，と答えたわ．

　この境界線は，征服の直線的な動きを止める線ではなかった．それはかぎりなく長く，幅のせまい，一種の片面だけの帯なのだ．彼らはここでそれを知った．だからそれを越えるために走ったり，それに沿って走ったりすることはしなかった．前者は不可能で，後者は絶望なのだ．彼らはこの境界線を利用した，間接的に，斜めに．彼らは知ったのだ，自ら

の身体をつかって，水の上，大地の上に，空気の中に，そして自らの精神をもって，他の多くのものの上に，たくさんのアラベスク模様を描き出すことがそこでは可能だと．そしてさらに，それらの軌跡がすぐに消えると信じても大丈夫だと．浜辺が時を刻み，それらの軌跡は忘却へと送られるのだ．

オーデンの文通相手は，オーデンの恋人のポル，ちょうどそのとき〈西〉の〈論理学ならびに言語学研究センター〉を訪れていたポルが都市星雲のさる〈研究所〉で行った講演を聴いたのだから，そのことをオーデンに報告するだけで十分だったはずなのだ．それなのに彼はこうひとり合点してしまった——この（ポルの）出番をめぐる状況，報告者である彼がそのときに，その後に，あるいはその前に知った状況は，講演の内容を説明するためにうってつけだろう，どんな忠実な分析よりも有効だろう，とりわけその分析が，オーデンのように，報告者がいかに巧みにやったとしてもその分だけわかりが良くなるというわけではない人間に向けて発送されなければならないような場合には，そうじゃないか，と．

報告者が，ポルの講演そのものに与えるのと同じくらいの重要性を，講演がその枠内にはめこまれた可能性のあったちょっとした物語に与え得たのは，こういうわけなのだ．

　実を言えば，報告者は自分では講演に出席せず，ポルが講演をした後かあるいはする前に，主催者の女性アンヌがポルのいないところで聴かせてくれたのかもしれない録音テープのおかげで講演の内容を知った，ということもあり得た．というのもこの当時，彼自身がよく旅に出る可能性があったからだ．しかし彼がいつポルの講演を聴いたかということは，講演について彼が持ち得る認識に大した変化を与えることはあり得なかった．より正確に言えば，時間の前後軸の方向にのびている線分，原点である発話の瞬間と，末端である聴取の瞬間との隔たりがかたちづくる線分の長さは，講演に関する認識に大した変換をもたらすことができなかったということである．というのは，この場合次のようなことが認められているからだ．すなわち，この間隔は好きなだけひきのばされ得るし，それは，語られたことがこの線分のどの点においてももとのまま，つまり録音テープがそれを聴かせることができただろう，あるい

は聴かせることができるだろう，もしくは常に聴かせることができるはずの，もとのままの状態にあることを少しも妨げるものではない，ということだ．

　さてもしオーデンもしくは読者の頭に，このテープへの録音は〈研究センター〉でのポルの講演の瞬間にしか起こり得なかった，したがってオーデンの情報提供者がその講演のことを知ったのは，必然的に，講演と同時かその後であり，時間的にそれよりも前であることはいかようにしてもあり得ない，ということがひらめいたとしても，件の情報提供者はオーデンに，あるいは読者に，あるいはその双方に，あるいはすべての人々に答えて，少なくとも二つの可能性を示すことができただろう．第一の可能性は，反対意見の結論に関係するものであっただろう．ポルが聴衆を前にして話をし，それが録音されていたとき，彼，情報提供者その人は，西海岸から三標準時間帯を隔てた西の海のある島にいたかもしれなかったのである．ポルは太平洋時間で午後五時に講演をする．アンヌはそれを録音し，予めオーデンの情報提供者と取り決めてあったとおり，六時にそのテープを短波放送にのせる．こうして彼の地で情報提供者が午後二時（アヴァチャ時間）にポルの話を聴

き始め，三時，つまりポルが話し始める二時間前には聴き終える，ということが可能だったろう．

それは単に情報提供者が腕時計を調整するという策略を使っただけのことだろう，と，もしオーデンもしくは読者自身があげくのはてに抗議しようものなら，彼は待っていましたとばかり，次のように答えたことだろう．通時態*や共時態に関する議論は常にこのようになるし，それにそもそも放送による講演の聴取の先行性の議論を始めたのは自分ではなく，オーデンもしくはあなただ，それから最後に自分は，オーデンに，もしくはあなたに，もしくはすべての人々に向かって，一体どんな自称普遍的な時計で，彼女もしくはあなたもしくはあなた方すべては，ポルによってなされた講演とこの自分によって聴かれた講演とを隔てる時間を計ろうというのか，とたずねることによって，あなた方を挑発し，たちまち困難な状況に陥れることができるだろう，と．

* 原文は diachromie（「カラースライド」の意）．次の synchronie との関係から diachronie の間違いかと思われる．

言い返しの第二の可能性は，聴取の証言の信憑性に対してなされたかもしれない反論の前提に関する

ものであっただろう．それはこうだ．ポルは〈研究所〉の聴衆の前で講演をするずっと前に，その練習をして，録音をとっておくこともできた．そしてオーデンの情報提供者は，ポルが最後にそのテクストを繰り返す，つまりそれを聴衆の前で講演するはずのときよりも前に，録音を手に入れることができたのだ，と．この第二の反駁は，少なくとも一見したところでは第一のものよりも弱いように見えたかもしれない．それに関してはいとも簡単に，こう彼に向って反論し得たのではないだろうか，つまり，もし事情がそうだとすれば，その場合はまったくあるいは必ずしも同じ話し方について議論していることにならないではないか，と．ただしそれには次のような留保があり，情報提供者はこれを必ず言い返しとして使っただろう．つまり，それはポルが講演の内容をすっかり暗記しており，公衆の面前での講演は彼にとっては暗唱にすぎなかったか，あるいは実際に講演するかわりに，前もって録音しておいたものを〈研究所〉の聴衆の前で再生するだけにしたのでなければの話なのだ．しかもこの二つ目の場合にはさらに二つの仮定が含まれる．つまり第一は，ポルが聴衆に以下のような事実，すなわち聴衆が聴

ているのはたしかに講演者の声だが，それは講演者が実際に聴衆の前でしゃべっている声ではないという事実を隠す，それも，まず唇の動きを始めとして，手，視線，頭や肩や耳や眉の動き，鼻孔のふくらせ方にいたるまで，テーブルの下に隠されたスピーカーから流れる録音されたテクストの表現の屈折を正確に真似ることによってこの事実を隠す，ということができたかもしれないという仮定，第二は，ポルが聴衆に，これから聴くことができるのは自分のおしゃべりの録音だと知らせ，講演台の上に置かれたテープレコーダーのスイッチを入れてもらい，あるいは自分でスイッチを入れて機械を作動させてもらったか，自分で作動させたかしたという仮定で，この場合はいったん講演が始まると，彼にはさらに三つの可能性が残されていただろう．すなわち，聴衆を眺めながら黙って機械の傍に留まっていたか，あるいは自分の講演を聴くために出席者の最前列または最後列，でなければ真ん中あたりの席に坐りに行ったか，あるいは外へ出て行ってコーラを飲んだか，小用を足したか，ひとまわりして来たか，またはそれを全部やったか．この三番目のケースでは，約五十六分後，テープが止まるときに会場に居合わせる

ために腕時計を見ながら行動したか，あるいは〈研究所〉の会場に自分がいることは明らかに無駄であるか，おそらくは有害でさえあるのだから，姿を消す方が良いと判断して，会場に戻ることまでをもやめてしまったか，そのいずれかであっただろう．

　こうしたいずれの場合にも，オーデンの情報提供者によるポルの講演の聴取は，講演そのものが行われたときに会場に居合わせた人——ポル自身が自分の講演を聴くために聴衆の中に坐っていた場合には彼も含めて——による聴取より，完全に時間的に前であり得た．もっともこのポルの場合については，ポルの無頓着さを少しでも知り得ていた者にはいかにもありそうなことと思われるのだが，彼が自分の講演の録音を前もって聴いてみようという気をまったく起こさなかったとしたら，という条件がさらにつけ加えられる．というのは，もしそうだったとしたら，ポルはその場合，少なくとも表現の質，抑揚，発声法，身振りの仕方などに関する限り，何も知らされていない第三者と同じ条件で，会場にいて講演を聴くことができただろうからだ．

　しかし情報提供者は，ひとつの証言の信憑性，とは言わぬまでも，その妥当性を，さらにもっと強く

擁護することもできたかもしれない．その証言とは彼自身のもので，次のような状況，すなわち，ことがなされる前，つまり当日聴衆に向かって講演が行われる前に，得られたものだ．話され得る以前に彼がポルの言わんとしていたことをどんな方策を用いてであれ既に知っていたとすれば，そのような予知は，彼，情報提供者を，ライプニッツの神もしくはフロイトの無意識などと同等の威厳ある認識にまでいたらせること，また，この予見の能力，この天佑が，犠牲者であれ恩恵に浴する者であれそれをまのあたりにする人々の心の中に喚起する尊敬や信頼の念を，彼は手紙の名あて人（この場合はオーデン）または読者自身に期待することができることなどを利用すればよかったのだ．

　いずれにせよ，ポルの講演について情報提供者がなし得た報告の信憑性について，オーデンは自問したり，これまで引き合いに出された疑いを胸に抱いたりすることはできなかっただろう．彼女がその手紙を受け取ったかもしれなかったそのとき，つまりこの手紙が彼女の住居に届いたとき，彼女はすでに死んでいたからだ．

　講演をとりまく状況，手紙の差出人がただ引き合

いに出したというだけではなく大そう重要視していた状況に関しては，彼がそれについて知ることのできた条件を議論の対象としてみることもまた有益であり得ただろう．明らかに決定的なものであったアンヌの役割だけでなく，おそらくポル自身の役割，それに欠くことのできない第三者，これはオーデンの情報提供者をおいて他にはあり得なかっただろうが，その者の役割をも確定し得る必要があっただろう．

ご存じでしょうが——と，オーデンへの手紙を信じれば，ポルはこう言ったらしい——私たちがいまいるこの〈センター〉に所属している研究者たちは，自分たちがひとつの原則を確立したと認めることができました．この原則は，なるほど外に現れるものではありませんが，彼らの言うところを信じるなら，あらゆる会話を支配することになるのです．これを協力の命令と名づけて，彼らは次のように言い渡します．〈参加する言葉のやりとりの目的と方向づけとに適った貢献をしてください，しかもその貢献が，あなたが会話に参加する瞬間にぴたりとはまるように〉．
　情報提供者は手短かに，ポルがそこで次のようにたずねたらしいと報告した——少し前に，彼のガー

ルフレンドのなかのふたりがある会話をしたのに立ち会ったが，この会話を件の原則が支配していたということはあり得るだろうか，と．彼女たちは——と，ポルは断言したらしい——この都市星雲と同じ地域だが，少し南に位置する町の中の大きな家に，しばらく前から一緒に住んでいた．最初の住人であったオーデンが，大学の学生たち専用のパネルに手書きの貼り紙を出して，彼女ひとりには大きすぎる家と高すぎる家賃を折半してくれる仲間を求めたらしい．こうしてアンヌが現れて自己紹介し，ふたりは——ポルによれば——友だちになった．さてオーデンにはだいぶ前からヴィクトルという名のボーイフレンドがいたらしく，彼はオーデンがひとり住まいのときからちょくちょく彼女に会いに来ていた．ヴィクトルはアンヌのとりこになり——と，そこでポルがほのめかしたらしい——アンヌの方も彼を遠ざけようとも，距離をおこうとも，状況をはっきりさせようともしなかったのであるらしい．次のような会話が交わされたらしいが，それは——ポルがしたらしい報告によれば——オーデンが始めたものだった．

　女ともだちがみんな，恋人のことでわたしにひど

い仕打ちをするの，いつだって必ずそうだったわ（と，オーデンが言ったらしい）——今度のことでは，あなたの友だちはあなたが正しいと認めるしかないわ（と，アンヌが答えたらしい）——というと？（と，オーデン）——ヴィクトルのことに関しては，わたしよりあなたに軍配が上がるだろうということよ（と，アンヌ）——どうして？（と，オーデン）——だってそうじゃない（と，アンヌ），ヴィクトルがあなたのところに留まって，あなたが彼の心の中でわたしを負かすか，それでなければわたしがあなたからヴィクトルを奪って，女ともだちすべてについて文句を言ったあなたがわたしより正しいか，そのどちらかでしょう，どっちの場合もあなたが勝つのよ．

このようなパラドクスは——と，ポルは続いてこう考察を展開させたらしい——会話における協力の原則からいえば余分な働きをしている．なぜなら，一方では——と，ポルは主張したのだろう——アンヌがやっているのは，オーデンとの間に交わされる会話の目的と方向とにふさわしいこと，つまり女ともだちや恋人たちとオーデンとの関わりを問題にするということにほかならず，しかも彼女の貢献は，

そのとき彼女の対話相手を悩ませていた事態，すなわちヴィクトルとアンヌの事態に関してなされたものであるがゆえに，とりわけ状況に適したものということさえできるのだが，しかし他方では，彼女の貢献はオーデンの言い返しを封じてしまい，かくして，原則からいえば両者の合意の上で終えられねばならないはずの会話を，相手の茫然自失に乗じてあまりにも早く終わりにしてしまうという点で，同じ協力という原則に違反しているからである．

　オーデンの証人の次の報告は，アンヌのパラドクスの手口をポルがそこで時間の観点から分析したらしい，というものであった．手短かに言うが——と，彼はいささかの苛立ちを見せて語ったのだ——アンヌはオーデンに開かれた過去と閉じられた未来を提示した，とポルが断言したらしい．一方では，彼女（オーデン）の女ともだちや恋人たちとの関係の全体はまだ完結してはおらず，いま行われている論争はこの全体の一部をなしており，その決着がつくまでにはしばらく待つ必要があった．他方では，オーデンの勝ちがどちらの場合にも保証されているために，その決着はすでに矛盾なく受容できるものだったのであり，したがって，偶発的な未来をもたない

この論争は，あたかも過ぎ去ったもののようだったのである．

ポルの講演の報告書と称するものをオーデンに送っていた男が，報告の責任というくびきからはずれ，自分自身の考えを自由に述べ始めたのは，ここからである．それらの考察はあまり理論的なものではなく，多く状況に則したものであった．

まず第一に――と，彼は手紙の名あて人にこうたずねた――彼女がアンヌと交わしたとポルが仮定した会話がどれほど架空のものだったかということに注意を促す必要があるだろうか，アンヌとはいかなる信頼関係にもなく，一緒に暮らしたこともなく，その存在さえも知らないということが，彼女にはよくわかっているのだから．

とはいえ――と，彼はつけ加えていた――彼女の恋人のポルはこのアンヌを知っていた，しかも憂慮すべきことにごく親密であった，と推定せざるを得なかった，なぜなら，ポルは手紙の署名者にこう告げていたからだ．講演が始まったあるいは始まるまさにその瞬間に，アンヌは都市星雲の西部地区にある小さな住居で，言い寄るヴィクトルにためらうことなく身をまかせた，あるいはまかせるだろう，と．

ポルは，オーデンの情報提供者（彼女の友人であり，彼女に良かれと願い，彼女の奉仕者である）にその不貞の場所の住所を教えることまではしなかったが，少なくとも電話番号だけは教えたのだ．いずれにせよ事の真相を確かめられるように．たとえ彼が遠くの島に移動していたとしても，それは可能だったろう．

　ところが彼はそれをすることができなかったので，文通の相手にそのことを弁解し，許しを乞うた．彼がそれをなし得なかったのは，講演が始まったあるいは始まるとき，という言い方でポルが何を言いたかったのかを知る必要があったかららしい．この あ・る・い・は・をどう解釈すればよいのだろう．彼には三つの可能性しか思い浮かばなかった．

　第一は，正しい言語に要求される時制の一致について単に確信がなかったために，ポルが，動詞の二形態，つまり prononcer という動詞の受動態直説法半過去と受動態直説法過去未来（条件法現在ともいわれる）との間の選択に迷い，その不確かさを あ・る・い・は・という離接接続詞によって示した，という可能性である．

　（しかしオーデンは，もしこの自称証人の報告を

知ることができたとしたら，間違いなく，この第一のひたすら文法的な仮説をひどくいかがわしく頼りにならぬものと判断したことだろう．なぜならポルが手紙の署名者に向って直接に話すに際して，文法的な困難を感じていたなどということはあり得なかったからだ．彼はこう言ったに違いなかろう——ア・ン・ヌ・の・不・貞・の・時・刻・は・ちょうど講演の時刻だ，あるいは講演の時刻だった，あるいは講演の時刻だろう，と．そして三つの形のうちどれを選ぶかの決定は，従属節と主節の時制の内的一致などという問題によるのではまったくなく，ポルが手紙の署名者に話している瞬間に，講演がすでに行われてしまったか，行われている最中か，あるいはまだ行われていないかをはっきりさせるという問題に関わっていたのである．だが，またここに戻ってくるのだが，オーデンの文通相手が彼自身の時間の使い方と講演のプログラムとの関係，とりわけ彼がこの講演の内容を知り得た時刻をあいまいなままにしているかもしれない以上，いったいどのようにしてそれをはっきりさせればよいのか．）

　手紙の書き手はそこで，ポルのあ・る・い・は・について第二の仮説をたてた．それは，書き手にその話をし

ていたとき，ポルは講演が〈研究所〉の聴衆の前ですでになされたのかまだなされていないのか本当に知らなかった，彼が知っていたのはただ，アンヌの不貞が自分の講演と正確に同時であることは間違いないあるいは間違いなかっただろう，ということだけだった，というものである．講演の当事者がその日時を知らない，ということは，オーデンの文通相手の注意をひいていないようだった．彼の心を占めていたのは，粋な逢瀬が学術的講演と同時に行われるということであった．だってそれならどうやってポル は——と，オーデンの文通相手は彼女にたずねた——講演の正確な時間も知らないようだったポルは，講演と逢引が同時だということを知り得たのだろう，もしアンヌ自身か，ヴィクトルという名の男か，あるいは二人が一緒に，そのことをポルに教えたのでないとすれば．それに，二人の恋人たち——彼が言いたいのはアンヌとヴィクトルのことだ——が，〈研究所〉の聴衆の面前でのポルの演説の始まりに彼らのカップリングの瞬間を時計で結びつけるという奇妙な決心をしたことについて，またこの酔狂に対してポルが示したわけのわからない心づかいについて，いったいどう考えればよいのだろう．も

ちろん彼が,〈研究所〉で話す前にそれについて知らされていたと仮定すればの話だが.

それはとても真実味のある心づかいだった——と,こうつけ加えてもかまわないと彼は思っていた——,だからポルがあのパラドクス的会話の例の中にしのびこませた,あるいはしのびこませたらしい,アンヌとヴィクトルの結びつきへの暗示が,この心づかいから出たものだということはほとんど間違いなかった.実際あの説明の中で,情報提供者の言を信ずるならオーデンがアンヌとヴィクトルに対してもっていた関係は,手紙の署名者によって報告された現実の中でポルがヴィクトルあるいはアンヌに対してもち得ていたあるいはもち得ていたらしいのと同じ関係ではなかったか.件の会話の中では,オーデンの女ともだちであるアンヌが,オーデンの恋人のヴィクトルを彼女から奪った(だから少なくとも署名者は,オーデンの不安に対抗してアンヌが出したパラドクスの機能を,オーデンに絶対有利なように解釈するのが当をえていると判断したのだ).現実にはポルの愛人であるアンヌ(ああ,そうなのだ,オーデンもついにはそれを知らねばならなかった,どれほど苦痛であっても……)が,ポルから友人のヴ

ィクトルを奪ったのだ．あるいは逆に，結局は同じことになるのだが，ポルの友人のヴィクトルがポルから愛人を奪ったのだ．そして事情がこうであり得たのなら，なぜいったいポルは，会話の中で自分自身の名前を置くべき場所にオーデンの名前を入れたりしたのだろうか．

　オーデンの情報提供者は，ついに第三の仮説に思いいたった．第一の仮説を否定しながらこれを補足するもので，それはこうだ．彼がオーデンに書き送った *la conférence serait prononcée* という受動態直説法過去未来の文を，ポルが自分の講演とアンヌの不貞の同時性を情報提供者に告げたときの直接話法の形にしても該当する形はない——つまり間接話法の *serait* は，ポルの直接的言表においては未来を表す *sera* だったのではなく（だからポルは *l'heure où la conférence sera prononcée* 講演が始まるだろう時刻と言ったのではなく），それは現在における可能性あるいは非現実を表していたのだ．だからあなたはこう想像し得たはずだ——と，情報提供者はオーデンに示唆した．ポルは彼に向って直接には〈*le forfait d'Anne serait commis à l'heure où la conférence serait prononcée* 講演が始まるとすればその

時刻に，アンヌの不貞が行われるだろう（が）〉と言ったのだろう，と．このような言い方でポルは明らかに，一方では講演の開始は彼の愛人の売春を意味する，ということを言おうとしたのであるだろうし，他方では条件法現在形の使用によって，もしこの動詞の形態を可能性を表すと解釈するならばその講演の開始はあり得るし，もしこれを現在における非現実と解釈するならば，ポルが話していた瞬間においてはそれはあり得ない，ということを言外ににおわせたのである．ただ手紙の署名者は，ポルが直接話法で彼に語ったのがこのような文であり得たかどうかについては述べていない．

　とにかく，手紙とその報告とを受け取ったと推定されたときには，すでにオーデンは死んでしまっていたのだし，それ以来，ずっとそのままであるらしかった．

　手紙が提出した謎に対するとりわけすぐれた解答は，その書き手がまさにヴィクトルその人だったかもしれなかった，というものであった．

ミシェルがある日私に書いてよこしたことについて，君に報告させてほしい．君はこれを読んで，さまざまな感情の中にあらわにされた震えと，それらの感情を伝達するにあたりしっかりと守られたその震えの秘密とを，感じとることだろう．
　君は覚えているだろう——と，こうミシェルが私に話したのだ——，ちょうどこんな時節に，そしてこの同じ町で，というより町の一隅で，というのも町そのものは自分の身体が自分の目には見えないように，地図の形になっていたとしても目に見えるものではないからだが，きっと覚えているだろう，その町の一隅にある女ともだちの住居で（ところで彼女は海岸線をおよそ百キロにわたって走っている幹線道路からほど遠からぬところにある家，ポップあ

るいはフォーク調の手法の絵で正面に装飾を施した家々のひとつに住んでいるのだが）その家で，友人である旅の画家のために彼女がひらいた小さなパーティーの折りに，デイヴィッドに会ったはずだということを．デイヴィッドは君と彼女の共通の友人であり，また彼自身このヨーロッパの画家の知りあいでもあった．

　それは春の終わり頃で，町の海岸沿いの地域では，近隣の砂漠地帯ですでに熱せられた空気がまだ冷たい海水の上に発生させる霧がたちこめていたはずだ．デイヴィッドはあざらしの革のぴったりした長靴をはき，とても陽気だった．君たちは酒壜を手に，木造りの回廊に出た．そして彼は君にありふれたある恋の物語を話してきかせたのだが，それは半ば笑いながらだったに違いない．それから君たちはきっと，砂の上を大股に歩きまわりながら，そのちょっとした場面がひとつの裂け目を意味するのかどうかあれこれ言い合ったのだ．その恋愛をどう評価するか，酔いにまかせて君たちは議論したのだったが，デイヴィッドは君にはただ，そのことについて旧友にうちあけたが，何の光明も得られなかったとだけ告げた．

このエピソードの主役はいったい誰と誰だったのか——と，ミシェルは続けた——，これが，デイヴィッドが君に言ったはずのないことだ．それは彼自身と，十年くらい前に彼の姓を名乗っていて，彼がひそかによりを戻していた女とのことだったのだろうか．それとも逆に未知の，僕の想像するところ彼よりずっと年下の，人目を忍んでつきあっていた可能性のある女性だったのだろうか．もしかするとこの恋愛沙汰は彼自身のものではまったくなく，友人のひとりで同じ画家である男の話なのかもしれない．君は，僕には君のことがよくわかっているが，このことについては何の質問もせず，君たち二人にとって結構便利な，どっちつかずの不確かな状態に留まることを選んだはずだ．いずれにせよ君がつぎのように考えることを忌避したはずはない．デイヴが君に話した場面は，男の側では，彼が親しい者に見せる人格と，その女性との睦み合いの中で演ずる人格との間の，一種の二重性，または不確実性，あるいは単に力学的な意味でのかけひき，これを前提にしているのだ，と．

　話というのはこうだ．二人はちょっと愛を交わしあったところだった．彼の舌がクリトリスに伝え，

さらにそこから，水平の位置で見た身体の丘や谷，叢に覆われたアーチの迫り台から尖ったあごの先にいたるまでの，あらゆる風景に伝えられたオルガスムが，外陰部や肛門筋を刺激してそこに挿入されている彼の指に感じさせる動悸のリズムと，重なりあう唇の光景とに，彼の目はまだ眩んでいるに違いなかったのだが，彼女の方はすでに落ち着きを取り戻し，煙草をふかしながら，思いやりと分別のある調子で，一時間後でなければその衝撃を感じないような毒を，彼の耳へしみこませたのだ．
　いつものように，罠は犠牲者の知覚麻痺のおかげで機能したはずだ．彼女が口を開くか開かないうちに，彼はその知性と，いつものことながら独特なその話術，つまり自らの情感を抑制しながら語る力を賞賛し始めた．そして彼女が語ることの内容にはたいして注意を払わず，ひたすら賛辞を浴びせかけた．最も厳しい事態にも正面から向うあなたの能力，それは私の知る限りあなただけに備わったもので，私はそのために賛嘆の気持ちと同時に一種の不安も感じています，というのもそのためにあなたの心の動きは，とりわけ私のようにこうした事柄にはうとい男には，決して読み取ることができないからです

——とか何とか彼は言ったに違いない．こうして彼は，彼女が仕掛けたのではなく，むしろ彼自身の欲望が仕掛けた罠に，完全にはまりこんでしまったに違いなかった．それは，彼女の身体のレリーフのすべてを見，それに触れ，その匂いをかぐことで彼の血走った目の中に脈打っていたあの一種の感謝の念
と，それとは別に（だが本当にそれとは別だったのだろうか）彼の精神が彼女のそれに対して味わっていたあの賛嘆の気持ちとの間に，ある連続性をあるいは少なくともあるつながりを確立したい，という欲望なのだ．彼女がものを言うときの調子と言葉の鋭さとが，前哨戦の決定的瞬間が近づいてきている，とか，その瞬間はもうやってきている，とか，もう過ぎてしまった，などと警告し注意を促すかわりに，彼の警戒心，こうした状況では，とりわけ自分の意気地なさからくる卑小さとしてしか，そもそも感じたことのなかった警戒心を，眠らせてしまったに違いなかった．

　だから彼女は無邪気に，あるいは悪意をもって，あるいはただ熱心に，少し時間が経つとまるで海草のように自己増殖するおそるべき語を彼の耳に吹き込むことができたはずだし，また，ふたりが人前で

は埒もないことしか話さないこと，彼女自身についてだけでなく全般的に愛情の問題について彼が無関心なこと，その原因は仕事にあまりにも打ち込みすぎているからだと彼女はみていること，などを並べたてることができたのに違いなかった．わたしと寝て，わたしを描くことができるのだから，あとのことはみんなどうでもいいのよね——と，とげとげしい調子ではなく，むしろうまく言い表そうと心を砕きながら，彼女はこう言ったのだ．彼女がもちだしたのは，本人も承知の上で周囲の人々が彼をとじこめているあの厳格な雰囲気のことに違いなかった．そのおかげで彼の人格に認められるちょっとした倒錯的傾向が薄められていた．この倒錯的傾向——これは良い意味で言ってるのよ，そうでしょう，と，二人の間ではまったくもって使う必要のなかった語を使うことを許してもらうための独特の首のかしげかたをして，彼女はこうつけ加えたはずだ——を，彼との睦み合いの中で彼女は認めたのだ．

　そのとき彼はいったい彼女に何と言ったのだろう——と，ミシェルは自問し，私にも問うた．君に話したように，彼は再三にわたり彼女の観察の正しさを指摘し，その影響力をまったく考えもせずにその

繊細さをほめたたえたに違いなかった．この種の会話，結局のところ彼らにはお馴染みのこうした会話によって，あるはっきりした結果，たとえば別れるとか，距離をおくとかでもいいが，そうした結果を得ることは，彼女自身望んではいなかったはずだと思う．何でも話す，というのが二人の間で確立された一種の規則でありさえしたはずだ．たとえば彼がいくつも質問することで，彼女のエロティシズムに関してぶしつけなまでの憶測や描写を行い，そのあげく，彼女が返答を避けたり，笑いながら赤くなってお黙りなさいなどと言う，というような場面があったはずだ．そうした場面は，一方で彼の好奇心をかえっていっそうつのらせ，他方では，休戦のもたらすいささか間のぬけた一種の安堵感をもって次のような合意に達するよう，二人を導きもした．つまり，こうした理性の撹乱によって定められた境界はなるほど女性的なものの境界なのだ，身体を所有するのではなく身体そのものである，ということがこの抽象的実体の目立った特徴であるはずだから，と．

だから彼女は，何か特別なことをめざしていたのではないに違いなく，おそらく二人が無上の楽しみとしていた精神的共犯関係以外のものを求めたのさ

えなかったのだ．だがこの精神的作業は，二人の間では愛の戯れと同じくらい馴染みの深いものだったにもかかわらず，そしてまたそうした戯れと同じくらいエロティックで，彼女自身おそらくそうだったように彼もそれに惹きつけられたに違いないにもかかわらず，何時間かの潜伏時間の後に伝染病原のように彼を襲い，おかげで彼は次のような癒しがたい確信をもつことになってしまった——自分はおはらいばこになったのだ，と．

　エミリアン，さっきも言ったように，その同じ日の夜になってやっと，映画館で友人の隣に坐っていた彼は，快か不快かを定めるのが困難なある感覚，取り戻し得ぬものの感覚に内なる空間のすべてを侵されてしまったに違いない．君はそこでわが主人公にこのことについてたずねたのだろうが，彼はこのとるにたりない話の中で，いったい何が決定的に得られ，あるいは失われたのか，いずれにせよいったい何が変わったのか，それを君に言うことはできなかったのだろう．変化をひきおこしたに違いないものは何だったのかということさえもね．

　だが最も驚くべきことは，そのちょっとした場面の後の彼の状態が，今までと違っていて，厳しい，

同時にとらえどころのない性質のものだった，ということではないのだ．それは，どちらからも連絡をしあわないまま数日を経て，ある展覧会のレセプションでこの同じ女性にまた会ったとき，彼が前とまったく同じ共謀の眼差しを彼女に投げ，いつものとおり秘密の言葉で彼女と語り，ついにはまたもや二人だけの示し合わせの戯れを始めるにいたり，真夜中頃には共通の友人たちのところで，一緒に最後の杯を囲んでいた，ということであったはずだ．そしてそこで，低いひじかけいすに坐ったしどけないポーズのおかげで，ひざの割れ目から，ゆったりしたスカートの中のほの暗さがもっと暗い隠れ処へと通じているのが見分けられるところへと思わず視線をすべりこませてしまった（何も得るところはなかったが），そのときの彼の驚きはたいへんなものだったに違いない．

　彼女が立ち上がって台所へ何か飲み物を取りにいこうとしたときだった．彼は執拗な欲望にかられて彼女のあとについて行き，うしろ向きのままうなじを，胸を，愛撫し，やはりうしろからそのスカートをまくり上げ，両手でまん中の裂け目を襲い，ついには教育不能の一物のおもむくままに彼女の優しさ

の中へと入って行ったはずだ．この場面は，マルセル・デュシャンがラリー街の自分の住居に取りつけさせたものをモデルにしてつくりつけられたドアの中で起こった．このドアは，ドアというものは開いているか閉じているかでなければならないという決まりに挑戦して，この二者択一を拒否する構造になっていた．なぜなら台所から見て開いていれば，居間の方からは閉まっており，またその反対にもなるからである．一言も交わさず，一瞥も（身体の位置の関係で）交わさないまま，双方が速やかに痙攣に行きついてしまうや，女は取りに来たジュースの壜をつかんで居間にもどったに違いないが，そうだとすればその肉体が示したはずの歓迎については彼はそれをどうやって判断し得ただろう．

　彼はそのような状態にとどまらねばならなかったのだよ，親愛なエミリアヌス——と，ミシェルは話を終えようとしていた．つまり，君が僕に伝えた話，そして僕がここで少々補ったこの話の萌芽は，その展開や結末が期待できただろうひとつの物語の芽ではなく，彼の人生や作品を少なからず特徴づけずにはいなかった曖昧さの状態を生まれさせてしまったのだ．この状態は恒常的なものではない．だが，デ

イヴィッドは（だってここで問題になっていたのは彼のことだったのだから），ここまたはかしこであの女性，あるいはとても彼女に似た女性のひとり，あるいはまた，彼が君に報告したような，当時彼がその中で生きていたはずの状況と同類の状況でもかまわないが，そういうものと出会うだけで，たちまちあのフレーズ――「わたしと寝て，わたしを描くことができるのだから，あとのことはみんなどうでもいいのよね」――が記憶に甦り，賞賛の気持ちとそのすぐあとに続く癒し難い確信とが再び生まれることになるのだ．

このフレーズが繰り返されるのを聞かねばならないという条件下でしか絵は描けない，と彼はおそらく悟ったはずだ．ところがそのときでさえ，その反対ではないかと，つまり自分が描かねばならなかったし描かねばならないのは，そのフレーズを聞くことができる，そのことのためだったのではないかと，そう思わずにいるのは彼には難しいことだったのだ．いずれにしても陳腐な帰結だ．彼が僕にこのことを相談したとき（そう，彼が会いに行った旧友というのは僕のことだったのだ），僕は彼をこのような論理の道筋にひきずりこまないように気をつけた．僕

は彼の言うことを聞くだけにし，彼は僕をたよりない相談相手と判断したに違いない．
　君，未知の女性が口にするのを聞いたと（ミシェルによれば）デイヴが私に言ったらしいこと，これについて君はどう思うかね．

あちらの大きな天文台付属の博物館では，たくさんの銀河系外星雲の写真，とりわけこの施設の備えている天体望遠鏡でその存在を確認することのできる，最も遠い恒星の写真をごらんになったでしょう．こうしたはっきりした映像を得るために，カメラの中心軸が，星の見かけの動きとその結果感光板に現れるぶれをなくすための複雑な動きをしているということをご存じでしょうか．目標に向って調整されたレンズが，目標と同じ動きをしているのです．巨大な光学装置を備えたドームの中に入っても，見かけとは異なってそうした装置が，足を踏みしめているこの地球とではなく，四千百万光年の彼方にあって目に見えない，しかもおそらくはすでに消えてしまっているだろう光源から発した光と連帯している

のだということなど，想像もできなかったでしょう．
　これが同一性のひとつのケースなのです．天体望遠鏡は，その動きのおかげで天空の一部分となっています．そして観測の場における望遠鏡の動きこそが，照準線に不動性を与えるものなのです．だからそこに入った人は誰も，いったん装置の上まで上り観測の定位置に陣取ったら，じぶんの足に地球の動きを感じさせることができないのと同様，天体望遠鏡のその動きを知覚することはできなかったことでしょう．このようにして同一性とは，つまり照準線の同一性とは，震えのひとつの特別な場合なのだということがわかるのです．もっと正確に言えば，博物館でごらんになった写真のように，同一性を得るためには，器械装置の何トンという重量の金属とガラスとが，どの方向にでも飛び立つ用意のできているハエの足のように，正確で身軽な動きをすることが必要だっただろうということです．第二の震え，つまり器械装置の震えが，第一の，星辰の震えと同調し，そのために星辰の震えは感じられなくなる，同一性はこうして生まれる――こういうふうに言えるでしょう．
　この，動いている複合物体における休止という問

題ですが（複合物体を作っているおのおのの物体もまたそれがひとつの複合物体に他ならないわけで，宇宙物理学の先生方の説明が聞く人を驚かすことになるのは，その説明が，想像もつかないほど小さな粒子から始まって，いきなり恒星の膨大な質量の構成にとぶということです，これらはみんないわば物質の状態にあることが少なく，これに類するものといえば性愛ぐらいしかありません），この，運動における休止の問題だけが，私どもの博物館を見学される方がたの興味をひくものだというわけではありません．無秩序という問題もあります．これら白熱した星雲の塊は，でたらめにばらまかれているように見えたことでしょう．ガイドが説明するように，それらの動きは，共通の時空間座標がないために，すべてを同時に定めることができないのです．出会いについても，事情は同じだったでしょう．

　ひとは誰でも，歳を重ねて，一連の出会いによってつくられた軌跡を描き出すことができると，少なくとも自分の経験の風景上へのそれらの配置を読み取ることはできると，そう思いこむ頃になって初め

て気がつくのです，自分の物語はそれ自身が，いくつもの雲のかたまりをかたちづくる小さな話の断片によってできており，それらのかたまりすべてをひとまとめにして完全な形で示すことについて自分は不適格だ，と．それをうまくやってのけられると思うのはうぬぼれにすぎないのです．障害となるのは忘却だけではありません，メシエ87から発した光が天体望遠鏡のレンズに届く頃には，星の位置やおそらくはその状態も変化してしまっている，そうした天文学的な無限の距離にも匹敵するあの忘却だけでは．困難の原因は，ずっと近くの，ごく近くの，たくさんの経験をどう評価するかということにもあるのです．天文台のような観測の場と不変の尺度とがないために，すぐとなりあう経験との位置関係，引き合う力の大きさなどが不確定なままになっているのです．自分がつかみ所有していると思いこんでしまっているもの，ごくあたりまえだと思って受け入れてきた自分の人生，女，活動家，黒人，白人，役人，芸術家，数えあげることができると判断してしまっている，得たものと失ったもの，そうしたものすべてが震え出し，結末をつけたいという欲求から逃げ出してゆくことになるでしょう．偉い先生方は

それを無秩序と呼んでおられます．

　けれど自分が同時にいくつかの座標系の間を移動しているると知っているひとたちには，この動揺が何らかの組織，原初のものであれ終末のものであれ，あるひとつの組織の変調に由来するものではまったくない，ということがわかるでしょう．そして人生も宇宙と同じで，考えられるただひとつの調和の証拠をもたらすためにつくられているのでもなければ，それが引き受けているらしいひとつの統一性を生じさせるためにつくられているのでもない，ということも．私たちは知っています——いつの日か，ひとは存在に住みつくことになるだろう，そして太陽系の天体が銀河星雲のただ中を動いているのと同じやりかたで，人間たちも自らの物語の中に宿ることになるだろう，と．

貴方の新しい住まいを訪ねるときは，われわれの間を隔てているこの砂漠を越えて行くことになります．この砂漠には湖があってその傍らを通って行くのですが，この湖が意図的な技術によってではなくある過ちから生じたものらしいという点を除けば，他の砂漠に比べて特に変わったところはありません．その話は，この前ここを通ったときに，湖岸の分譲地のまん中に店を構える自動車整備工に聞いたもので，今度そこを通ればまた同じ話を聞くことになるでしょう．この分譲地は，砂利と砂の中に計画された，現実離れした町の一部です．この町には，〈饐え海の町〉という奇妙な名前がつけられています．標識のある道できちんと碁盤割りにされた町，道はひと巡りしてもとの道か，それと交差する道に続く

だけ，いくつかの街灯が照らし出すものといえばコヨーテの往来，歩道には降ったことのない雨の流れたあと，おそらくリヴィエラあたりの理想の海岸を思い浮かべた市役所が，塩辛い湖岸に植えつけた夾竹桃の茂み，二十軒ばかりの見すぼらしい家々がへばりついた砕石舗道の格子縞は砂漠に浸食され，それらすべての上を，黄色い風と澱んだ湖のむかつくような臭気が流れてゆく——わが給油係君が住みついている町とはこのようなものであるでしょう．彼自身はといえば，若い西洋人なのですが，二つの特徴で目立っているでしょう．ひとつはそのつるつるの頭で，三つ編みにした弁髪がくっついており，禅の一派の信者を思い起こさせます．もうひとつは，食料品店も兼ねている彼の店のドアに貼りつけてあって風にひらひらしている，お客向けの広告，これには手書きで，武器と弾薬安く売ります，と書いてあります．

　この前同様，彼にたずねましょう，水がこんなに吐き気を催させるような臭気を放つ塩水湖がいったい何の役に立つのか，と．彼は次のように答え，それを私は次の砂漠横断のあとで貴方に報告すること

になります——ご存じのように，北部から流れてきてこの砂漠の東側を通ってゆく大きな河の峡谷が，前世紀末に大掛かりな土木工事で堰き止められました．西海岸の耕作地に必要な水や飲料生活用水はすべて，深さ800メートルにも及ぶと思われるこの巨大な貯水池から汲まれてきましたし，今でも汲まれています．ところが今世紀の初めに，この貯水池から水をひく運河網から水漏れがおきました．例の大きな窪地に沿って水がどんなにものすごい勢いで流れ出したか，想像してください．事故の箇所を修理するのには二，三年かかりました．この思いがけない水の流れは，1905年から1907年の間に，わが砂漠の窪地に内海を作りました．あまりに巨大で周囲が見えないほどの水溜まり．それから70年，漏水は止まり，この水溜まりに注ぎこむ人工の流れはもうありません．もちろん自然の流れなどはありませんでしたし．今ごらんになっている，そしてその臭いを嗅いでおられる，完全に澱んだ水は，古い水なのです．厳しい太陽が，この水をもっともっと塩辛くしてゆくことでしょう——と．

　得られる情報はこんなところでしょう．湖の上に

張り出して，ピカピカの曲面ガラスのモーテルが作られ，石灰質の堆積物でできた砂利の中に小さな港がうがたれ，湖の水に含まれる塩化物が繋船柱を腐食させ，ちっぽけな観光会社が客をあてこんでクリスクラフトと呼ばれる小舟を貸し出すようになり，砦のように窓のない不格好な建物では，インディアンの細工品が販売されるでしょう．

　50年あるいは100年の後にはすべてが干上がっているでしょう．モーテルはわけのわからない地面の浅い窪みの隣に建っており，ひからびた係留地は塩分で厚く覆われた広い砂地に向っているのです．〈饐え海の町〉の住民たちは，別の居住地を求めて去ってゆきます．ある人たちは少しばかりの財産をこしらえているでしょうし，生きのびただけで満足しなければならない人たちもいるでしょう．その人たちよりも頑固でわかりの悪い住民のひとりがここに残り，再び水の流れる小さな音が聞こえてきはしないかと朝に夕に耳をすませている様子を，私は思いうかべます．

　貴方は隅っこの地域に来て，そこに住みついた．

西洋の帝国の，ここはその最も果ての境界なのです．これより向こうは東洋の裏側です．しかも緯度の方から見ても，ここは豊かな北半球と，貧しい南部地帯とが接するところです．政治において，われわれ，貴方や私が学んだすべてのことは，おそらく，統一性，合目的性，同一性という原則に則って考察され，実行されてきましたし，何世紀にもわたって，ヨーロッパ，続いてアメリカが，中心になるいくつかの〈帝国〉の鷲の紋章で飾られた機構を，力強いものに育て上げ，作動させてきたのです．でもここでは，ハーバート，貴方はその機構の最果てにいるのです．

　貴方が住みついたばかりのこの不安定な地帯，この地帯がある特殊な熱気を発散しているとしても，それは，帝国がこの地帯の歩みに注意を払わず，内部では過酷に作動させているエネルギーをここでは自由に気化させてしまっているからだとは，ゆめゆめ考えないでください．この熱気は，ここが境界の地域だということからくるのです．一方には自称帝国組織が，中心集中的であると自負するその論理，その空間性，その時間性を（数々の矛盾も含めて）ふりかざし，他方には遠心的な小さな力の大群が，

はかなく消える短い物語の数々をさまざまな非等質の空間にまきちらしながら，双方重なりあってひしめいている，そうした境界の地域だからです．〈研究所〉の事務局へ郵便物をとりに寄ると，ルシンダのまわりに暗い目をした見知らぬ職員たちが集まってひそひそ話をしているのにでくわすでしょう．貴方が入ってゆくと話はぴたりと止むのです．メキシコ(チカノ)系住民はおそらく資本主義帝国に拮抗するものですが，彼らが体現している（と，貴方が思っているかもしれない）矛盾を，戦いという方法で発展させ解決することを彼らに期待するのは間違っているでしょう．

　彼らの戦いとは，手段ではありません．それは同じ領野の中で別の目的をめざすものではなく，異なる領野のものなのです．この領野では，運動は遠心的で，時間は不連続，話は逆説的です．革命とは，もし貴方がこの語に固執するなら言いますが，弁証法から生ずるものではありません——たとえば，〈北〉での過剰投資と〈南〉における不完全雇用を結びつけることによって，ついにはこうした矛盾を露呈させ，帝国の転覆によってこの矛盾の解決を図

ることを人びとに余儀なくさせる、そうした弁証法からは。貴方のいる片隅に仮住まいしている赤銅色の居留外国人(メテック)たちの力は、彼らの弱さに由来するものなのです。つまり、中心集中という重苦しい幻想は、彼らの身体にも精神にも完全な影響を与えることはないのです。

　このことの原因は、まったく、彼らの肌の色にあるのでもなければ、文化の特殊性にあるのでもありません。貴方がいる場所はいまもまだ、外部の民族であるというだけで信ずるに足る長所だと思わないこと、民族‐文化的周辺性だけを賞賛するのを控えることを学ぶのに良い場所です。ふたつの領野の分離のしるしは、帝国の内部でも、その中心部においてさえも、同じように読み取り得るものであるでしょう。

　〈北〉を旅行するなら、11月の終わりに大きな湖のほとりのある町で足を止めてみてください。この町の住人であるいくつかの少数民族のうちのひとつが、毎年、町の中心にあるスポーツの祭典のための広い建物やその付属の施設で、他の民族の人々に向

けて祭りを催すのです．薄紫色の明かりで照らされた二つの広い会場に，スタンドがいっぱいたちならびます．ひとつは食べ物，もうひとつは雑貨品を扱う会場で，あらゆる趣向をこらして飾り付けがされています．地球上のあらゆる国々，政治の地図からは抹殺された国々をも含めたあらゆる国の人々がこの目立たない町にいるということがわかるでしょう．ウクライナのクワスの一種を飲みながらオランダ－インドネシアふうのブリックを食べていると，あらゆる国の言葉がいっせいに話され，そのざわめきが，しかも少しもバベルの塔のあの無意味な呟きには似ないざわめきが，ガラスの天井の下で鳴り響くのが聞こえてきます．サウジアラビアの首飾り，フィンランドの上履きを買ってから，ダンスを観るために，屋根つきスタジアムの観覧席に行って腰をおろしてください．さまざまな民族がいれかわりたちかわり中央リンクに現れて，民族音楽の伴奏で特色ある振り付けの踊りを披露するのが観られるでしょう．ウルグァイ人，朝鮮人，アイルランド人，ポーランド人，怪しげなバヴァリア人，洗練されたシャムの人々……．すべての人々が踊り終わり，舞台が空になると，それぞれの国の名前が呼ばれます．そして

呼ばれるたびにその国のひと組の男女が，先に呼ばれた国々のカップルの傍に行って，二人向かい合わせに並び，二つの列を作るのです．それから突然，フロアいっぱいになるほどの大きさの〈北〉の旗が，二列にならんだ踊り手たちのまん中を駆け抜けながら広げられるでしょう．踊り手たちは旗の端にとりつき，この間に帝国国歌が，総立ちになった出席者全員によって合唱され，響きわたります．

　すべては驚くほどの陽気さの内に終了するでしょう．この陽気さはきっと，身分がとるにたらぬ土着民から世界的帝国の市民へと昇格することによるのだ，と貴方は思うかもしれない．そしてこうした光景が，われわれの帝国市民としての記憶の深層に喚び起こす感動や，諸教混合(シンクレテイズム)への欲望を抑えるのに，大いに苦心するはずです．ただし，この統合の記念すべき場に，切れ長の目をした柔和な仲間を誰か同伴することを，貴方は忘れてはいない．彼がにこにこしているだけで何も言わなかったことにあとになって気がつくのですが，それだけで十分なのです——私の場合もそうだったように，会場を出ておそらく何時間も経ってから，彼の出身の部族，帝国の

土地はそもそもその部族からとりあげたものであったわけですが，その部族の者たちだけがひとりも，他の部族に混じって踊っていなかった，ということを思い出すのには．

　貴方は多分，思い切ってその理由を彼にたずねてみるでしょう．すると彼はこう答えるのです．湖畔のこの土地は，ある特定の国民にではなく，さまざまな部族の生き残りである種々雑多な部族の人々に居住地として割り当てられたので，その結果子どもたちは，自分たちの祖先を，知らないとは言わぬまでも，敬うことをしなくなってしまったのだ，と．こういうわけで私の息子は，あなたが今ごらんになったばかりの舞踊の中に，エストニア人のグループの一員として参加することができたのです――と，彼はつけ加えるでしょう．

　翌朝，寒気が湖の表面にもくもくと動く白い雲をわきたたせ，まるで飛行機の上から眺める雲海のように太陽の光がそれをまばゆく照らし出す頃，湖畔の凍りついた雪の上を歩きまわりながら，貴方は夢想に耽るでしょう．この足元から湖に向かって傾斜

している平原を，あらゆる部族の生き残りである人々が彷徨っていた頃，この湖畔はどんなであったか，と．そして，統一の祭りにおけるその不在を，帝国の罪のひとつにきっと数えることでしょう．薄い唇をした友人が不意に傍に現れます．自分の部族が踊っていなかったのは，踊るように懇願されはしたけれど，部族の代表者たちの意見によってそれを拒否したからだ，と彼に教えられて，貴方の考えごとは続くのです．貴方はこの説明が，昨夜の説明とどう両立するのか自問します．それから，それら二つの説明が必ずしも両立しなくはないということを，認識するのです．ということはつまり——と，貴方は心の中で結論を下すでしょう——帝国を取り巻きその中を走る，論理と感性の断層は，最初の居住者たちが自分自身について抱いているイメージまでも貫いているのだ，と．

　貴方はそこで，地球上のあらゆる国家がひとつの〈共同体〉に統一されて会議をおこなう部屋を見学しに，ジェリー・A・ジャクソンが貴方を連れていったことを思い出すのです．舞台は空っぽで，それだけに荘厳な感じがします，使われていない，ある

いは打ち棄てられた教会堂のように．バハマ諸島の代表団の机の角に腰をちょっとあずけて，ジャワンザ・アティバ・ジャマルという名でいまは国際官僚になっている貴方の昔の教え子は，いくつかの面白い会議について耳打ちしてくれるでしょう．廊下にも，委員会や評議会の行われる部屋にも，カフェテリヤにもエレベーターにも，さまざまな言葉の波がうねり，その波は，貴方が彼と話している部屋の閉じたドアにもぶちあたります．案内人の声の調子が，突然苦痛から怒りへと変わるのに，貴方は気がつくでしょう．

　彼はそのときまで，そこに集まったさまざまな国家の反目について不満を表明していましたから，貴方は彼におそらくは軽い気持ちで，シオニズムを人種主義だとして弾劾する決定がどのようにして可決されたのかとたずねたのです．するとひとりの黒人であり，〈南〉の人々の代表である男は，きちんと着こなした三つ揃いに不釣り合いに白目をぎろりと光らせて立ち上がり，この票決は〈組織〉に対する〈北〉の帝国の支配的地位の終焉の日を画する以外の重要性をもつものではない，と，息切れするほど

の雄弁さで貴方に向かってまくしたてたのです．〈南〉の人々が復讐をゆっくりと楽しみ終わるまでには，これから数十年が必要だろう，と．そして貴方にも，彼にも，他の誰にも，それに抗うことはできないのだ，と．ジェリーならびに／またはジャワンザが，彼／彼らの心の中に感じる苦痛と，彼ら／彼の腹をよじらせる笑いとの間に，大きな亀裂が走る音が，貴方には聞こえるでしょう．

　〈饐え帝国〉の水は蒸発して濃い塩水となったため，地震のうねりがおびただしい破断の跡を残し，いくつもの水の流れが発生するのです．

編集部宛の手紙
——あとがきにかえて——

　長い間編集部のロッカーの中で眠っていた原稿——手書きでマス目を埋めた，あちこちに訂正，削除，追加の跡のある原稿用紙の——を改めてワープロ原稿に作成しなおしながら，ある感慨を抱きました．こうして姿を消す鉛筆書きの文字も，隠蔽される震えのひとつのケースかもしれない，と．書き損じ，ためらい，考え直し，そのいきつもどりつの軌跡を一切残さないワードプロセッサないしはコンピュータの蔓延は，個人的なレヴェルでの領土放棄とも感じられます．つまり〈帝国〉への寄進．

　それにしても今日読みなおしてみて，おおよそ四半世紀前に書かれたテクスト[*]の，その奇妙な粘着力，というか不可思議な浸透力に，今さらのように驚いています．おそらく当時の——テクストを初めて読んだ，あるいはそれを日本語に置き換えようと試みた——時点ではよく（わからないということしか）わからなかった策略，その策略の毒が，長い時間を

経て脳髄にしみ込んだということでしょうか．（この奇妙な「物語」の中のエピソードの影響が顕著な語り口？）

　長い時間のあいだには，この小さな本のなかで視覚的に示され，またことばで語られていることが，身体のレベルに反響すると思われる出来事も起こりました．地震で傾いたビル群（それぞれ少しずつその傾き方の程度が異なる）の間を通るときに感じる目眩，その中の，見た目は普通の部屋にいて感じる吐き気．地面は不動，部屋の床は水平，ビルの壁は垂直，という抜きがたい思いこみの，瓦解．

　も ゙の ゙が ゙た ゙り ゙には当然始まりがあり，展開があり，結末がある，という期待や，語り手・登場人物・読み手のそれぞれの立場と関係は不変のものという信頼は，この本に関してはいとも簡単に却下され，転覆させられ，それは目眩や吐き気の，少なくとも苛立 ゙ち ゙の ゙，もととなるでしょう．誰が語り何を語っているか，ということを問うのはここでは無意味です．しかしその無意味な問いをくりかえさせ，苛立ちを誘うことこそが，これらの語りの策略だともいえるでしょう．「語り」は「騙り」であるということ．

そして絵は，額縁の中におさまるもの，ある主題を描くもの，という固定観念もまた，あっけなくバラされてしまいます，ジグソーパズルのピースとなって……　地震のひきおこした破壊がカメラのフレームの中におさめられ，それが作品の主題となりますが，次の瞬間，フレームそのものが破裂する――「破壊」は作品の内にあるのでしょうか，それとも？　この本の第一のテクストでは，絵の「主題」と「額縁」が話題になります．それ自体が描かれた額縁，偽りのフレーミング．

　記憶，性愛，土地，宇宙，砂漠，境界，文法，地図，革命，女性，笑い，メテク，民族――すべてがキーワードで，そしてどの鍵も，物語の中の秘密を開く役目をしてはくれない……　つまり，物語の中はないのです，あるのは表面だけ．こちらから見れば閉まっていてもあちらから見れば開いている（M. デュシャンの）ドア，中なのか外なのかを決められない場所で，鍵がいったい何の役に立つでしょうか．四半世紀経て浸透してきた，無意味の意味．

　そう，やっと今頃になって身にしみてきたのです，

ご提案いただいた，この小さな本の「かたり」を日本語に移すという無意味な作業のもつ意味が，ようやく少し．それにしてもあまりにも長い空白の時間でした．この間に，世紀がかわり，著者はその生涯に幕を下ろしてしまいました（それ以来，幕は下りたままであるらしいです）．しかし遅すぎるということはありません．この奇妙な「物語」は，いまでも必ず何人かの読者に苛立ちを（残念ながら）ひきおこすことでしょうし，それは，震えへの感染の，最初の兆候となるでしょう．

　2001年8月

　　　　　　　　　　　　　　　　　　　訳　者

＊ Jean-François Lyotard/Jacques Monory,
　Récits tremblants, Galilée, Paris, 1977

震える物語
―――――――――――――――――――
発行　2001年11月30日　初版第1刷

著者　ジャン゠フランソワ・リオタール
　　　ジャック・モノリ
訳者　山縣直子
発行所　財団法人　法政大学出版局
〒102-0073　東京都千代田区九段北3-2-7
電話03(5214)5540／振替00160-6-95814
製版，印刷　平文社
鈴木製本所
Ⓒ 2001 Hosei University Press

ISBN4-588-13015-3
Printed in Japan

著者
ジャン゠フランソワ・リオタール
(Jean-François Lyotard)
1924年，ヴェルサイユに生まれる．現象学とマルクス（そして後にフロイト）を思想的源泉とし，それらの批判的再検討を通じて政治，経済，哲学，美学など多方面にわたる理論的・実践的活動を展開し，20世紀後半のフランスを代表する思想家・哲学者として広く知られている．パリ（第八）大学教授を経て，国際哲学学院長等をつとめた．『現象学』(54) を著したのち，アルジェリアでマルクス主義の内部批判グループ「社会主義か野蛮か」に参加，戦闘的マルクス主義者として実践活動に従う．グループの内部分裂を機にパリに戻り，マルクス研究に精力的に取り組む．68年の五月革命に積極的に身を投じ，その体験のなかから，彼の思想的総決算ともいうべき『ディスクール，フィギュール』(71) および『マルクスとフロイトからの漂流』(73) を著して思想的跳躍の基盤を固め，さらに『リビドー経済』(74) によって独自の哲学を構築した．70年代，客員教授としてアメリカ合衆国西海岸に滞在．巨大国家の〈辺境〉で触れた時空の感触が，哲学書とはやや趣の異る『震える物語』(77)（ジャック・モノリと共著），『太平洋の壁』(79) の執筆を促した．1998年 4 月死去．邦訳書に『リビドー経済』，『異教入門』(77)，『知識人の終焉』(84)，『文の抗争』(85)，『熱狂』(86)，『遍歴』(88)〔以上，法政大学出版局刊〕，『経験の殺戮，絵画によるモノリ論』(84)〔朝日出版社刊〕などがある．

ジャック・モノリ (Jacques Monory)
1934年パリ生まれのフランスの画家．抽象から出発し，1960年代のポップアートの影響を受けてネオ・リアリズムの旗手のひとりとなる．映画のストップ・モーションを思わせる手法で，シリーズ絵画を制作．その画面は，しばしば凄惨な行為や大惨事を撮ったスナップ・ショットのように見えるが，それは本物の写真が担うような意味や感情の伝達を目指さない．人の手による，逆説的で，完璧に無機質な再現である．〈殺人〉(68)，〈ヴェルヴェット・ジャングル〉(69)，〈カタストロフ〉(76)，〈凍ったオペラ〉(76)，〈テクニカラー〉(77)，〈空・星雲・銀河〉(78—81) など，いずれも孤独とコミュニケーションの不可能性という，この画家の強迫観念の色合いを強く帯びたシリーズ作品がある．本作品〈震える物語〉(77) の原画（コラージュ）は，77年パリ，ド・ラルコス画廊で展示された．

訳者
山縣直子（やまがた なおこ）
1947年生まれ．京都大学大学院博士課程修了（仏文学専攻）．甲南女子大学非常勤講師．訳書：L. ベルサーニ『ボードレールとフロイト』，P. ブルデュー『写真論』（共訳），リオタール『異教入門——中心なき周辺を求めて』（共訳）（以上，法政大学出版局）